ISBN : 978-2-412-07943-0
Dépôt légal : décembre 2015
Achevé d'imprimé : avril 2022
Imprimé en Italie par Ercom

Correction : Marjorie Poitte
Conception graphique : Nicolas Galy pour NoOok Conception
Adaptation de la mise en pages : Gabriele Musolesi

Éditions First, un département d'Édi8
92, avenue de France
75013 Paris – France
Tél. : 01 44 16 09 00
Fax : 01 44 16 09 01
E-mail : firstinfo@efirst.com

Site Internet : www.editionsfirst.fr

François Jouffa et Frédéric Pouhier

# TU SAIS QUE TU AS 50 ans ou +

FIRST
ÉDITIONS

# AVANT-PROPOS

Vous avez la cinquantaine, le bel âge ! Enfin, le bel âge si on en croit les sexagénaires. Les jeunes de 20 ans, eux, vous prennent déjà pour un vieux, un grand-père ou, au mieux, un retraité ! Je sais, ça fait mal.

Pourtant, à 50 ans, on se sent toujours un peu comme un gamin. Un gamin qui, bien qu'ayant un travail, des responsabilités, une famille, ne peut s'empêcher de retomber en enfance devant une rediffusion du *Manège enchanté* à la télévision ou en retrouvant, par hasard, dans le grenier de ses parents, sur son premier jeu vidéo, *Pac-Man*.

Au fil de ces quelques pages, c'est une balade à travers les méandres de votre passé que nous vous proposons. De l'humour, de la nostalgie, et énormément de souvenirs.

**F.P.**

# TU SAIS QUE TU AS 50 ANS QUAND...

- ... tu as l'impression d'en avoir 40.
- ... tu commences à dire « à mon époque... ».
- ... tu quittes le stade avant la fin du match pour éviter la foule.
- ... tu es heureux(se) de passer un samedi soir tranquille à la maison.
- ... tu es excité(ée) d'avoir acheté un nouveau matelas.

# CITATION

« Quand j'étais jeune,
on me disait :
"Tu verras quand
tu auras 50 ans."
J'ai 50 ans et je
n'ai rien vu. »

**Erik Satie**

# RESTONS POSITIFS

## 50 ANS, CE N'EST PAS SI VIEUX POUR :

- Un arbre.
- Un vin de Bordeaux, mais il ne faut quand même pas tarder à le boire.
- Devenir président de la République.
- Une voiture de collection, mais il ne faut la sortir que le dimanche.
- Entrer à l'Académie française.

# SOUVIENS-TOI, TU AVAIS DÉJÀ LA VINGTAINE QUAND...

- Tu as manifesté dans la rue pour le retrait du CIP et la démission de Balladur.
- Le tunnel sous la Manche a été inauguré.
- La guerre civile ravageait le Rwanda.
- François Mitterrand est mort.
- Le film *Mars Attacks!* est sorti au cinéma.

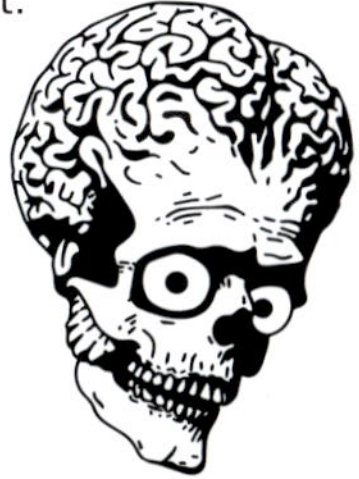

## SI TU RACONTES ÇA À DES JEUNES, ILS NE TE CROIRONT JAMAIS !

- Tu as envoyé ton premier mail à 30 ans.
- Tu roulais sans ceinture de sécurité.
- Tu as été un des premiers à t'acheter un caméscope mais tu ne t'en es quasiment jamais servi.
- Tu séchais les cours pour aller jouer au flipper.
- Tes livres d'école étaient protégés par un bout de vieille nappe en plastique.

# CITATION

« L'âge, c'est juste
un chiffre. Il n'a aucune
espèce d'importance,
sauf si tu es une
bouteille de vin. »

**Joan Collins**

QUIZ TÉLÉ DES ANNÉES 1980

**Comment s'appelait l'émission de télévision présentée par Eddy Mitchell de 1982 à 1998 ?**

a) *Ciné Dimanche*

b) *La Chance aux chansons*

c) *La Séquence du spectateur*

d) *La Dernière Séance*

(Réponse : d)

# BONNES RÉSOLUTIONS

## 5 BONNES RÉSOLUTIONS À PRENDRE DEPUIS QUE TU ES QUINQUA

1. S'abonner à un club de sport et ne pas abandonner après seulement une séance.
2. S'abonner à un club de sport et ne pas abandonner après seulement deux séances.
3. S'abonner à un club de sport et ne pas abandonner après seulement trois séances.
4. S'abonner à un club de sport et ne pas abandonner après seulement quatre séances.
5. S'abonner à un club de sport et ne pas abandonner du tout.

## SOUVIENS-TOI, TU AVAIS DÉJÀ LA TRENTAINE QUAND...

- On a installé le premier radar automatique sur les routes.
- Jean-Pierre Raffarin était Premier ministre.
- Noël Mamère a célébré, de façon illégale, le premier mariage homosexuel.
- Facebook a été lancé.
- George W. Bush a été élu président des USA.

# SONDAGE

**As-tu toujours une aussi bonne vue qu'à 20 ans ?**

- Oui.
- Non.
- Bien sûr, j'arrive même à lire ce livre de cuisine sans lunettes.

# À MÉDITER

Pour toi, la retraite
est à l'horizon.
Mais souviens-toi que
l'horizon est une ligne
imaginaire qui recule
au fur et à mesure
que l'on avance.

## 5 CHOSES FRUSTRANTES QUAND ON A 50 ANS

1. Être à la fois trop jeune et pas assez vieux pour avoir des réductions dans les transports en commun et dans les musées.
2. Avoir de l'argent mais trop de travail pour le dépenser.
3. Avoir terminé ses études depuis longtemps mais être obligé(ée) de payer celles de ses enfants.
4. Être expérimenté(ée) dans son travail mais trop cher(ère) pour être débauché(ée) par la concurrence.
5. Avoir de l'argent dans sa poche mais aussi dans ses cheveux.

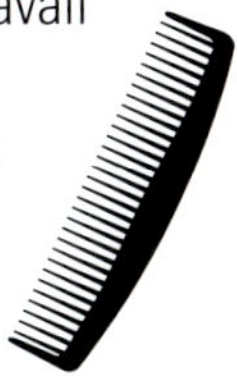

# SI TU RACONTES ÇA À DES JEUNES, ILS NE TE CROIRONT JAMAIS !

- Le yo-yo était le jouet le plus cool dans la cour de récréation.
- Tu mangeais des barres chocolatées de la marque Yes.
- Quand tu étais jeune, les actrices de film pornographique n'étaient pas épilées.
- Tu as eu des télévisions aussi grandes que larges.
- Tu as acheté un lecteur de laser disque une petite fortune, et cette technologie a été remplacée par les DVD l'année suivante.

# LES GRANDES INNOVATIONS

En 1981, tu as vu apparaître le TGV, grande invention française permettant aux voyageurs d'arriver plus vite en retard.

# QUIZ TÉLÉ DES ANNÉES 1980

**Contre qui Yannick Noah a-t-il gagné la finale de Roland Garros en 1983 ?**

a) Henry Leconte

b) John McEnroe

c) Ivan Lendl

d) Mats Wilander

(Réponse : d)

# TU SAIS QUE TU AS 50 ANS QUAND...

- ... la vendeuse de chez Sephora te refile des échantillons d'antirides.
- ... tu peux passer 4 heures dans une grande surface de bricolage sans t'ennuyer.
- ... tu arrives à lire le journal sans lunettes, mais seulement en le tenant à bout de bras.
- ... tu as connu Michael Jackson noir.

# LA CINQUANTAINE, C'EST QUAND MÊME VIEUX POUR...

1. Commencer des études de médecine.
2. Faire un caprice pour aller faire du manège à Disneyland Paris.
3. Porter un pantacourt, même s'il n'y a pas d'âge pour porter des pantacourts.
4. Vivre en colocation.
5. Écouter Difool sur Skyrock.

Allô, c'est Doc'...

# À MÉDITER

Les relations sexuelles après 50 ans, c'est excitant. On ne sait jamais si on va avoir un orgasme, une crampe ou une crise cardiaque.

# CITATION

« La vieillesse
n'empêche pas les hommes
de courir après les femmes.
Mais ils ne se souviennent
plus pourquoi. »

**Jenny de Souza**

# TE SOUVIENS-TU DES BLAGUES CARAMBAR ?

**Pourquoi n'y a-t-il pas de corbeille dans les piscines ?**

Parce que la corbeille à papier.

(Je sais, c'est consternant.)

# C'EST CULTE !

## 5 RÉPLIQUES DE FILMS CULTE POUR TOI

**1.** « C'est pas fini tant que la cloche n'a pas sonné ! » *Rocky* (1977)

**2.** « La vérité est blessante, n'est-ce pas ? Oh, bien sûr, pas autant que de sauter d'un tremplin avec un vélo sans selle... ». *Y a-t-il un flic pour sauver le président ?* (1991)

**3.** « Des vieux pauvres, ça n'existe pas. Radins, oui, pauvres, non. » *C'est arrivé près de chez vous (1992)*

**4.** « – Et vous comptez vous marier à l'église ?
– Oui, oui, bien sûr !
– Vous avez raison, tant qu'à faire une connerie, autant la faire en musique. » *Le Zèbre (1992)*

**5.** « – Comment vous appelez-vous ?
– Je m'appelle Thérèse.
– Je t'encule Thérèse ! Je te prends, je te retourne contre le mur, je te baise par tous les trous, je te défonce, je te mets, Thérèse ! Je... » *Le Père Noël est une ordure (1982)*

# TO DO LIST

## LES 5 CHOSES QUE TU T'ÉTAIS JURÉ DE FAIRE AVANT 50 ANS MAIS QUE TU N'AS JAMAIS FAITES

1. Devenir célèbre ailleurs que dans ton immeuble.
2. Sauter à l'élastique.
3. Reprendre tes études.
4. Te mettre au sport.
5. Faire un plan à trois (mais chut, ton/ta conjoint(e) n'est pas au courant).

XXX

# AVOUEZ-LE, MESSIEURS...

Pour les garçons ados en 1986, le moment érotique et gênant de notre journée était la playmate de l'émission *Cocoricocoboy* de Stéphane Collaro sur TF1, que nous regardions, le rouge aux joues, en dînant aux côtés de nos parents.

# TU SAIS QUE TU AS 50 ANS QUAND...

- ... tu as eu des mazagrans pour boire le café.
- ... tu as fait du sport devant la télé en regardant Véronique et Davina.
- ... tu avais un bidet dans ta salle de bains.
- ... tu as déjà utilisé le télétexte sur ta télévision.
- ... tu as roulé en Renault Supercinq.

# SI TU RACONTES ÇA À DES JEUNES, ILS NE TE CROIRONT JAMAIS !

- À l'école, tu respirais de la colle Cléopâtre pour être *stone*.
- Lorsque tu voulais courir en écoutant de la musique, ton lecteur CD portable sautait tout le temps.
- Tu n'avais qu'un téléphone fixe à la maison et tu avais peur que tes parents écoutent tes conversations sur un autre combiné.
- Un autoradio avec K7 autoreverse était le summum de la modernité.
- Tu faisais des cauchemars en regardant le clip *Thriller* de Michael Jackson.

# CITATION

« Dans chaque vieux, il y a un jeune qui se demande ce qui s'est passé. »

**Groucho Marx**

# TU SAIS QUE TU AS 50 ANS QUAND...

- ... ton pharmacien connaît ton prénom.
- ... tu as bu des Adelscott le jeudi soir dans des soirées infirmières.
- ... tu as connu le Paris-Dakar quand il se courait entre Paris et Dakar.
- ... tu as déjà prononcé cette phrase : « J'ai oublié de payer ma facture Itineris. »
- ... une conversation entre ados est pour toi aussi incompréhensible que des hiéroglyphes sur la pyramide de Gizeh.

# 6 PREUVES QUE TU ES ENCORE UN GAMIN OU UNE GAMINE MALGRÉ TON ÂGE

- Tu caches encore à tes parents que tu fumes.
- Tu joues avec la console de jeux de ton fils quand il est à l'école.
- Quand ton morceau préféré passe à la radio, tu montes le son et danses seul(e) devant ton miroir.
- Tu te sers dans le placard de tes enfants pour t'habiller.
- Tu as toujours des chagrins d'amour comme quand tu étais ado.
- Tu adores éclater du papier bulle.

## 5 PHRASES QUE TU AS PRONONCÉES QUAND TU ÉTAIS JEUNE

- « Tu as la télé couleur, toi ? Ouah, la chance ! »
- « Tu as regardé *Starsky et Hutch* dimanche dernier ? »
- « Super, ta mobylette ! C'est une Motobécane ? »
- « Tu as acheté le 45-tours de Patrick Hernandez ? »
- « Les pantalons pattes d'eph' ne se démoderont jamais. »

## CITATION

« Ne me demandez pas mon âge, il change tout le temps. »

**Alphonse Allais**

QUIZ TÉLÉ DES ANNÉES 1970

**Comment s'appelait le bateau dans la série *La croisière s'amuse* ?**

a) Le *King of Caraïbes*

b) Le *Pacific Ocean*

c) Le *Pacific Princess*

d) L'*Ocean Blue*

(Réponse : c)

# 6 MARQUES QUE TU AS CONNUES ET QUI ONT MAINTENANT DISPARU

LES SUPERMARCHÉS **FÉLIX POTIN**

LE PSCHITT **CITRON**

LE SAVON **LUX**

LES CHEWING-GUMS **SPRING-GUM**

LES YAOURTS **CHAMBOURCY**

LES HYPERMARCHÉS **CONTINENT**

# TU SAIS QUE TU AS 50 ANS QUAND...

★ ... tu arrives à faire des mots croisés sans tricher.

★ ... tu découvres le ski de fond aux sports d'hiver.

★ ... tu ne comprends pas ce que signifie l'expression « Yolo ».

★ ... tu te plains de payer trop d'impôts.

★ ... tu as une armoire à pharmacie pleine à craquer dans ta salle de bains.

## TÉMOIGNAGE D'UNE QUINQUAGÉNAIRE

« Ce matin, je me suis réveillée, j'ai levé les bras et là, *crac !* J'ai plié les genoux et *crac !* J'ai tourné le cou, *crac* à nouveau ! J'en suis venue à la conclusion suivante : plus on vieillit, plus on est craquante. »

# MISE AU POINT

Je n'ai pas 50 ans !
J'ai toujours 20 ans
mais avec 30 ans
d'expérience !

!

# HOT

## QUI ÉTAIT VOTRE FANTASME DE JEUNESSE, MESSIEURS ?

- La mannequin Linda Evangelista.
- La « chanteuse » Sabrina, dans sa piscine avec son soutien-gorge trop petit.
- La belle Claudia Schiffer.
- Sophie Marceau.
- Véronique Genest (chacun ses goûts, nous les respectons).

## QUI ÉTAIT VOTRE FANTASME DE JEUNESSE, MESDAMES ?

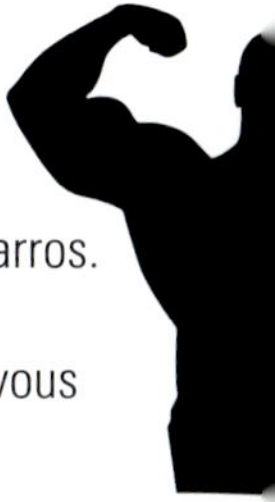

- Sylvester Stallone dans *Rambo*.
- Patrick Swayze dans *Dirty Dancing*.
- Yannick Noah, en short, à Rolland-Garros.
- Richard Gere dans *Pretty Woman*.
- Jean-Luc Lahaye (j'ai bien peur que vous soyez un peu trop âgée à son goût).

QUIZ TÉLÉ DES ANNÉES 1980

**Dans quelle série retrouve-t-on le personnage d'Hannibal Smith ?**

a) *L'Amour du risque*

b) *Miami Vice*

c) *Colombo*

d) *L'Agence tous risques*

(Réponse : d)

# RUBRIQUE BEAUTÉ

## MADAME, COMMENT AVEZ-VOUS VÉCU L'APPARITION DE VOS PREMIÈRES RIDES ?

- ☐ Vous étiez dans le déni, ce ne sont pas des rides mais des cernes de fatigue.
- ☐ Vous vous êtes ruée chez *Sephora* pour dévaliser le rayon antirides.
- ☐ Vous avez tapé « Botox pas cher » sur Internet.

- ☐ Vous vous êtes dit qu'après tout, les rides donnent du charme et vous avez augmenté votre dose d'antidépresseurs.
- ☐ Vous n'avez pas de rides, vous n'aurez jamais de rides et la première personne qui vous fera remarquer que vous avez des rides finira à l'hôpital !

## 5 BONNES RAISONS DE SORTIR AVEC UNE FEMME DE 50 ANS

1. Elle ne veut plus avoir d'enfant.
2. Elle ne peut plus avoir d'enfant.
3. Aucun risque qu'elle tombe enceinte.
4. Ai-je mentionné le fait qu'elle ne puisse plus avoir d'enfant ?
5. Sinon, je ne vois pas d'autres raisons valables.

# RASSURE-TOI !

**Après 50 ans, on voit enfin la vie en rose :**

Ostéoporose, arthrose, nécrose, névrose, fibrose, artériosclérose...

# QUIZ TÉLÉ DES ANNEÉS 1980

**Comment s'appelle la première émission de Thierry Ardisson, diffusée en 1985 sur TF1 ?**

b) *Ardimat*

c) *Télé Zèbre*

d) *Double Jeu*

e) *La Une est à vous*

f) *Descente de police*

(Réponse : f)

# RUBRIQUE BEAUTÉ

## MONSIEUR, COMMENT AVEZ-VOUS VÉCU L'APPARITION DE VOS PREMIÈRES RIDES ?

- ☐ Vous vous en fichez.
- ☐ Vous ne les aviez même pas remarquées.
- ☐ Vous préférez avoir des rides plutôt que de perdre vos si beaux cheveux.
- ☐ Vous n'avez pas de rides mais des rayons de soleil sur le côté des yeux.
- ☐ Vous volez en cachette l'antirides de madame, mais ne lui dites pas, ça ne fait pas très viril.

# TU SAIS QUE TU AS 50 ANS QUAND...

★ ... tu regardais une série faite en pâte à modeler avec deux personnages, Chapi et Chapo.

★ ... tu as été fan de Chantal Goya.

★ ... le seul jeu disponible sur ton premier téléphone était *Snake*.

★ ... tu harcelais ta mère pour qu'elle t'achète des T-shirts Waikiki.

★ ... tu as lu les aventures de François, Mick, Annie, Claude et de leur chien Dagobert dans *Le Club des cinq*.

## SI TU RACONTES ÇA À DES JEUNES, ILS NE TE CROIRONT

# JAMAIS !

- Tu as déjà envoyé une lettre d'amour pour draguer.
- Tu as prononcé cette phrase : « Je file acheter une Mobicarte et je t'appelle. »
- Tu faisais tes premières recherches Internet non pas sur Google mais sur Lycos.
- À la maison, il était impossible d'utiliser Internet et de téléphoner en même temps.
- On fumait sur les plateaux de télévision, dans les restaurants, les trains, les avions... partout, quoi !

# AVANT / MAINTENANT

Avant, pour appeler les renseignements, on composait le **12**.

Maintenant, on compose le **118 228**, non, **118 236**, non, **118**... Bref, on cherche le numéro sur Internet.

# LES 5 PHRASES QUE N'ENTENDRONT JAMAIS LES JEUNES

1. « T'es dans l'annuaire ? »
2. « Sur ce disque, la face B est bien mieux que la face A ! »
3. « Tu connais quelqu'un qui vend des décodeurs pirates Canal+ ? »
4. « Tu veux pas changer de chaîne tant que tu es debout ? »
5. « Je n'ai pas encore fait développer la pellicule. »

# LA RICHESSE À 50 ANS

**À 50 ans, tu as...**

... de l'argent dans les cheveux ;
... de l'or dans les dents ;
... des cailloux dans les reins ;
... du sucre dans le sang ;
... du fer dans les articulations ;
... du plomb dans les pieds.

**Et à 50 ans tu es également une source inépuisable de gaz naturel.**

# À MÉDITER

Finalement, le plus dur quand on vieillit, c'est de faire croire aux autres qu'on devient plus mature.

# QUIZ DES ANNEÉS 1980

**Dans quel théâtre était tournée l'émission *L'École des fans* ?**

a) Le théâtre des Variétés

b) Le théâtre de l'Empire

c) Le théâtre des Champs-Élysées

d) À l'Olympia

(Réponse : b)

# TU SAIS QUE TU AS 50 ANS QUAND...

- ✔ ... tu trouves que 60 ans, ce n'est pas si vieux.
- ✔ ... tu as des vilains dessins de tes petits-enfants sur le frigo.
- ✔ ... tu as l'âge auquel tu trouvais déjà tes parents vieux.
- ✔ ... tu as de plus en plus de mal à atteindre tes orteils pour te couper les ongles.
- ✔ ... tu sais ce que sont un urologue et un gastro-entérologue.

# TU SAIS QUE TU AS 50 ANS QUAND...

★ ... tu as déjà prononcé la phrase : « Les jeunes, ce n'est plus ce que c'était ! »

★ ... tu as déjà bu du Pacific, le pastis sans alcool.

★ ... tu as eu une vignette sur ta voiture.

★ ... en boum, tu attendais le duo Elsa et Glenn Medeiros pour inviter une copine à danser.

★ ... il t'arrive de dire « feuilleton » à la place de série.

# C'EST RINGUE !

**Les 7 expressions les plus ringardes des années 1980-1990 :**

1. Tu veux pas 100 balles et un Mars ?
2. C'est Okayyyyy ! (En imitant Jacquouille la fripouille...)
3. Okey, dokey.
4. Ça me file la banane !
5. C'est giga bien !
6. À la one again !
7. 36-15 code Relou.

# LISTE DES PAYS QUE TU AS CONNUS ET QUI ONT MAINTENANT DISPARU

- La République démocratique allemande (1949-1990)
- L'URSS (1922-1991)
- La Yougoslavie (1929-2003)
- La Tchécoslovaquie (1918-1992)
- Le Zaïre, devenu la République démocratique du Congo (1971-1997)

✘ La Haute-Volta devenu
le Burkina Faso (1919-1984)

✘ Le Honduras britannique devenu
le Belize à son indépendance (1862-1981)

✘ Le Swaziland devenu le Eswatini en 2018

# LES 6 MOMENTS OÙ TU AS PRIS UN COUP DE VIEUX

- La première fois où on t'a cédé une place assise dans le bus.
- Le jour où tu as acheté un lit inclinable.
- La première fois où tu as répondu par ton année de naissance quand on t'a demandé ton âge.
- Le jour où tu as bu une bière sans alcool.
- Le jour où ton petit-neveu de 5 ans t'a expliqué ce qu'était TikTok.
- Quand tu as reçu une convocation pour un dépistage du cancer colorectal.

# CITATION

« 50 ans,
c'est l'adolescence
avec une carte
bleue. »

**Florence Foresti**

# QUIZ TÉLÉ DES ANNÉES 1980

**Quel était le nom du chien de Jennifer et Jonathan Hart dans la série *Pour l'amour du risque* ?**

a) Lundi

b) Février

c) Médor

d) Ils n'ont pas de chien mais un hamster

e) Ruby

f) Jean Castex

(Réponse : b)

# SI TU RACONTES ÇA À DES JEUNES, ILS NE TE CROIRONT JAMAIS !

- Tes parents t'ont offert des cigarettes en chocolat.
- Michel Leeb faisait des sketchs limite racistes sur les Africains à la télévision.
- Tu as organisé des soirées diapos pour montrer tes photos de vacances.
- Jusqu'en 1984, il n'y avait que trois chaînes de télévision en France (TF1, Antenne 2 et FR3).
- Tu utilisais des disquettes souples de 5 pouces ¼ qui stockaient jusqu'à 320 ko.

# 6 GALÈRES QUE NE CONNAÎTRA JAMAIS LA NOUVELLE GÉNÉRATION

**1.** Devoir acheter le journal pour voir quand passe le film qu'on veut voir au cinéma.

**2.** Devoir effacer la K7 vidéo d'un film qu'on aime pour enregistrer un film qu'on aimera, peut-être.

**3.** Attendre des heures que la chanson qu'on aime passe à la radio pour l'enregistrer sur cassette. En priant pour que ce crétin d'animateur ne parle pas dessus.

**4.** Tenter de découvrir sa sexualité en feuilletant les pages lingerie du catalogue La Redoute.

5. Se rendre compte, en revenant de vacances, que les photos qu'on a prises sont complètement ratées.

6. Rembobiner des cassettes audio avec un stylo pour ne pas user les piles de son walkman.

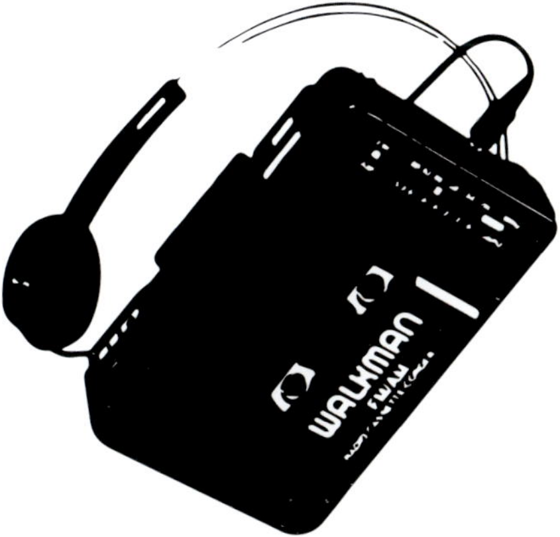

AVANT / MAINTENANT

Avant, on écrivait nos statuts Facebook directement sur le bureau en bois de notre salle de classe.

# TU SAIS QUE TU AS 50 ANS QUAND...

- ✘ ... tu as bu du Banania au petit déjeuner.
- ✘ ... ton premier téléphone avait un cadran rotatif.
- ✘ ... tu as déjà appuyé en même temps sur REC et PLAY pour enregistrer une K7.
- ✘ ... tu as connu les speakerines à la télévision.
- ✘ ... tu as connu les publicités *El Gringo* de Nescafé.

# ÇA URGE !

## ENCORE CÉLIBATAIRE À 50 ANS, QUE FAIRE ?

- Inutile de t'inscrire à *Tournez Manège !*, l'émission n'existe plus depuis quarante ans.
- Inscris-toi, par contre, à l'émission *L'amour est dans le pré* (si tu n'es pas agriculteur, il est fortement conseillé d'acheter une ferme avant de postuler).
- Ne fais rien, et profite de ton célibat.
- Inscris-toi sur un site de rencontres. Et surtout, mens sur ton âge.
- Rappelle tous(tes) tes ex, mais demande-leur si elles ou ils n'ont pas trop grossi depuis votre rupture.

# LES SLOGANS PUBLICITAIRES DE TA JEUNESSE

*La Hollande, l'autre pays du fromage.*

*Saint-Yorre, ça va fort !*

*Vahiné, c'est gonflé.*

*Heineken, la bière qui fait aimer la bière.*

*Il fait trop chaud pour travailler.*
(Pulco)

# QUIZ DES ANNÉES 1980

**Comment s'appelait la voiture de Bo et Luke dans la série *Shérif, fais-moi peur* ?**

a) General Lee

b) General Grant

c) Titine

d) Tornado

(Réponse : a)

## BLAGUE RÉTRO

### LES BLAGUES À TOTO

Toto, 5 ans, est en train de jouer avec sa petite sœur de 2 ans, Nini. Soudain, Toto se précipite en hurlant dans la cuisine où sa mère prépare à manger. Sa mère s'inquiète et lui demande :

« Qu'est-ce qui se passe, Toto ?

— C'est Nini qui m'a tiré les cheveux.

— Il ne faut pas en vouloir à ta petite sœur, tu sais, elle ne sait pas que ça fait mal. »

Toto repart jouer. Un peu plus tard, la maman entend les pleurs de la petite Nini, elle va voir dans le salon et Toto lui dit : « Maintenant, elle sait ! »

# LES JOUETS DE TON ENFANCE

- ***Le 1000 Bornes***, le jeu de simulation de conduite le plus ennuyeux de toute l'histoire des jeux.
- ***La marchande***, quand tu rêvais de devenir caissière (ou caissier, mais c'est moins courant).
- ***Le mot le plus long***, la boîte de jeux des *Chiffres et des Lettres.*
- ***Le Subbuteo***, ou comment jouer au foot en faisant des pichenettes.
- ***Le Cluedo***, mais qui a tué le docteur Lenoir dans la cuisine ?

Rassure-toi, certains existent encore !

# COMBIEN ÇA COÛTAIT EN 2002 ?

- Le litre de gasoil : **7,8 francs**
- Une coupe de cheveux : **75 francs**
- Un passe Navigo : **370,25 francs**
- Un paquet de cigarettes : **50 francs**
- Une baguette de pain : **4,90 francs**

# QUIZ TÉLÉ DES ANNÉES 1970

**Quel était le prénom du Renard dans *L'Île aux enfants* ?**

a) Casimir

b) Hippolyte

c) Léonard

d) Raymond

(Réponse : c)

# LES SLOGANS PUBLICITAIRES DE TA JEUNESSE

*Bonne comme la campagne. (Épi d'or)*

*Quand y'en a marre, y'a Malabar.*

*Paul, une Tourtel !*

*Meule d'or, si je t'attrape,*
*je te mords !*

*Pimousse, petit, mais costaud !*

# LE CHANGEMENT, C'EST MAINTENANT

## LES 5 CHOSES QUI ONT CHANGÉ EN TRENTE ANS DANS TA VIE D'HOMME

1. Quand tu dragues une fille de 20 ans, elle appelle la police.
2. Avant, tu fréquentais une salle de sport pour draguer. Maintenant, c'est pour maigrir.
3. Avant, tu étais un(e) employé(e) maltraité(ée) par ton chef. Maintenant, tu es un(e) chef(fe) qui maltraite ses employés.
4. Avant, tu râlais contre le gouvernement car trop à droite. Maintenant, tu râles contre le gouvernement car trop à gauche.
5. Avant, tu te teignais les cheveux pour paraître cool. Maintenant, tu te teins les cheveux pour paraître jeune.

# LE POINT COMMUN

Quel est le point commun entre les hommes de 50 ans qui fréquentent les bars pour célibataires ?

➥ Ils sont tous mariés.

## AVANT / MAINTENANT

Avant, nous devions attendre 20 h 30 pour connaître les prévisions météorologiques d'Alain Gillot-Pétré.

Maintenant, notre téléphone nous indique la météo, heure par heure.

# TU SAIS QUE TU AS 50 ANS QUAND...

- ... tu peux chanter la chanson de la publicité *Prosper, le roi du pain d'épice*.
- ... tu prends à nouveau des vacances hors des périodes de congés scolaires.
- ... tu connais les bienfaits de l'aquagym.
- ... tu utilises encore le mot « balles » pour parler d'euros. T'as pas 100 balles ?
- ... tu étais amoureuse du chanteur Nick Kamen.

## TRUCS & ASTUCES

### COMMENT ÉVITER À TOUT PRIX QUE L'ON TE SOUHAITE TON ANNIVERSAIRE

★ Pars sur une île déserte ou en Picardie, bref, dans un endroit où il n'y a aucune civilisation.

★ Fâche-toi avec tous tes amis une semaine avant la date de ton anniversaire.

★ Change d'identité et pars vivre en Uruguay.

★ Prends exemple sur Xavier Dupont de Ligonnès, fais le vide dans ta famille.

★ Prétexte une allergie aux gâteaux d'anniversaire et aux bons sentiments.

# QUIZ TÉLÉ DES ANNÉES 1980

**Quelle chaîne de télévision voit le jour le 4 novembre 1984 ?**

a) M6

b) Canal Jimmy

c) Canal+

d) France 5

(Réponse : c)

# BLAGUE

Un gamin demande
à son grand-père :
« Papy, c'est vrai que
tu étais général
de division ?
— Oui, pendant trente
ans ! répond fièrement
le grand-père.
— Cool, tu vas m'aider
à faire les miennes,
j'ai interro de maths demain. »

# TU SAIS QUE TU AS 50 ANS QUAND...

- ... tu regardais la série *Santa Barbara* en dînant.
- ... tu as longtemps appelé « petit a entouré » l'arobase.
- ... tu as déjà prononcé cette phrase : « Tu as pensé à prendre la carte routière ? »
- ... tu n'as pas aidé un(e) copin(e) à déménager depuis bien longtemps.
- ... tu étais déjà trop vieux quand Disneyland a ouvert en France.

# QUOI DE NEUF, DOCTEUR ?

**Les 5 choses que tu ne veux surtout pas entendre de la bouche d'un médecin :**

1. À quand remonte votre dernière coloscopie ?
2. J'ai une bonne et une mauvaise nouvelles...
3. La dernière fois que j'ai entendu parler de cette maladie, on a dû abattre tout le troupeau.
4. Félicitations, vous allez être à nouveau papa. Si votre femme l'apprend, elle va vous tuer.
5. Vous êtes en pleine forme pour un homme de 60 ans !

# CITATION

« Tout ce qui
est exquis
mûrit lentement. »

**Arthur Schopenhauer**

# QUIZ DES ANNÉES 1980

**Qui devient chancelier en Allemagne en 1982 ?**

a) Gerhard Schröder

b) Helmut Kohl

c) Helmut Schmidt

d) David Hasselhoff

(Réponse : b)

# RUBRIQUE SANTÉ

## Messieurs, 5 raisons de commencer un petit régime

- À 50 ans, les poignées d'amour se transforment vite en bouées d'amour.
- Votre taux de cholestérol est aussi élevé que le taux d'imposition depuis que la gauche est au pouvoir.
- Vous ne rentrez plus dans votre costume de mariage, ni dans votre femme.
- Vous êtes essoufflé après avoir monté deux étages à pied.
- Le vin, le cidre et la manzana ne comptent pas dans les cinq fruits et légumes par jour.

# POURQUOI ?

**Pourquoi les hommes n'ont-ils pas de période de crise à l'âge mûr ?**

Parce qu'ils ne sortent jamais de la puberté.

# SI TU RACONTES ÇA À DES JEUNES, ILS NE TE CROIRONT JAMAIS

- Tu as eu une collection de pin's.
- Tu as dansé sur la *Danse des canards* dans tous les mariages et communions.
- Tu n'avais le choix qu'entre 5 sonneries sur ton premier téléphone portable.
- Un autoradio avec K7 autoreverse était le summum de la modernité.

- Jean Roucas était drôle dans le *Bébête Show*. Comment ça, qui c'est, Jean Roucas ?

# TU SAIS QUE TU AS 50 ANS QUAND...

- ... tu as déjà volé, en secret, l'antirides de ton épouse.
- ... tu as eu des bons points à l'école.
- ... tu te souviens de l'ami Ricoré.
- ... tu as rêvé devant les documentaires du commandant Cousteau.

# CITATION

« Vous n'êtes jamais trop vieux pour vous fixer un autre but ou pour rêver un nouveau rêve. »

**Aristote**